Javier Sáez Castán

Los Tres Erizos

Pantomima en dos actos con colofón

Ediciones Ekaré

DRAMATIS PERSONAE

Erizo 1

Erizo 2

Erizo 3

El ama de la finca

El amo de la finca

Un cocinero y demás personal de servicio

El Caballero del Manzano

Una corneja

Un perro de guarda

Un cerdo

Un manzano

La acción transcurre en una finca en la campiña francesa

ACTO I

El robo

Otoño

Unos erizos salen de su casa
de buena mañana. Buscan qué comer.

Han encontrado un hueco en un seto,
entran en el huerto, ¡qué desfachatez!

Se hacen una bola y ruedan por el suelo.
Pinchan las manzanas. Son para comer.

—¡Roban con descaro! —chilla una corneja
al verlos salir sin prisa a los tres.

Y los tres erizos vuelven a su casa,
pensando en manzanas sobre su mantel.

Ya las han comido. ¡Qué ricas estaban!
Y caen dormidos los tres a la vez.

—¡Ay de mis manzanas! Me las han robado
—lejos, en el huerto, grita una mujer.

Tocan las campanas. Salen a buscarlos.
Mientras, los erizos roncan a placer.

Buscan y no encuentran. ¿Dónde se han metido?
Comienza el invierno y no se dejan ver.

No se ven sus huellas. Hay que regresar.
Pero en primavera… ¡ya se enterarán!

ACTO II

El juicio

Primavera

Es la primavera. No lo han olvidado.
Vuelven a buscarlos, los quieren prender.

SALVE

Y los tres erizos ya se han despertado.
Sus lindos hocicos asoman al sol.

Cuando, de repente, ¡los han encontrado!
–Allá –dice uno–. Son aquellos tres.

Grazna la corneja: –Los han atrapado.
Lloran los erizos: –¡No nos disparéis!

—¡Bajad los fusiles! ¡Mirad en el prado!
¿No es eso un manzano? —dice la mujer.

—Fueron los erizos quienes me plantaron
—les habla el manzano—. ¿Y los mataréis?

PARVVLA SEMINA NAM IACTAVERVNT

LAVTVM VT SVVM CONVIVIVM EGERVNT

NATA SVM MARTIIS IMBRIBVS PRIMIS

MALVS IN HORTIS

—Pues unas pepitas pequeñas tiraron cuando celebraban su rico festín.
Y con las lluvias primeras de marzo, nací yo, el manzano, en este jardín.

Bajan los fusiles bien avergonzados,
mientras los erizos bailan a sus pies.

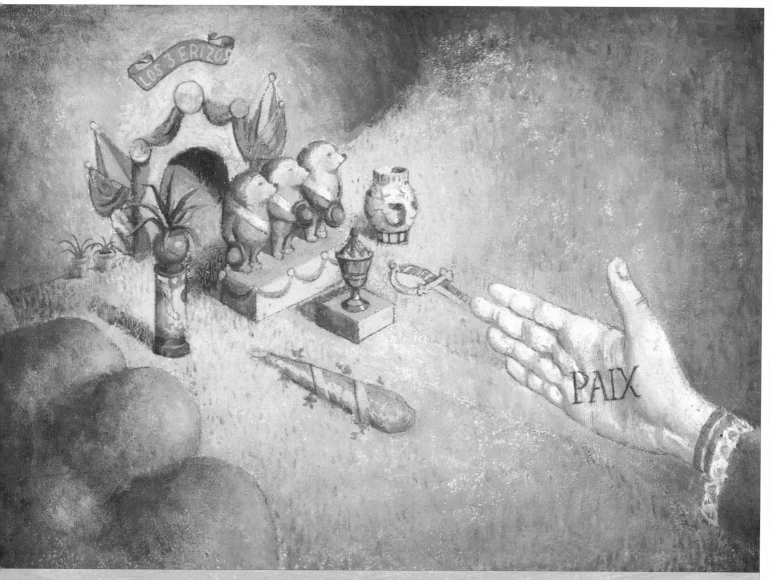

Les tienden las manos y los condecoran
para agradecerles su buen proceder.

Y los tres erizos celebran contentos.
Y siguen bailando al anochecer.

COLOFÓN

La merienda

El otoño siguiente

GLOSARIO

Pantomima: En sentido estricto es un tipo de representación teatral hecha sólo con movimientos y gestos, sin hablar, pero en forma genérica se utiliza como equivalente de farsa; una pieza cómica breve.

Colofón: Complemento que se añade al final de una obra.

Dramatis Personae: Esta frase latina encabeza la lista de los personajes que aparecen en una obra de teatro.

Tout pour la pomme: En francés quiere decir "todo por la manzana".

Salve: Es una forma de saludar en latín.

Coupables de culpabilité: En francés, expresión de máxima culpabilidad, que quiere decir: "culpables de culpabilidad".

Quitapenas: Sugiere una medicina de efectos drásticos para el alivio de las tristezas.

La pomme sur tout: Expresión que en francés coloca a la manzana por encima de todas las cosas.

Paix: En francés, "paz".

Virtus Omnia Vincit: Esta frase en latín quiere decir "la virtud todo lo vence".

幸免 *(Hsing mien):* En chino Han, este ideograma significa "escaparse por los pelos".

安人 *(An jen):* En el mismo idioma quiere decir "pacificar al pueblo".

Bon appétit: Así se dice en francés "buen provecho" o "que aproveche".

Cuique suum: Esta máxima latina reclama la equidad cuando se reparten premios o castigos: "a cada uno, lo suyo".

EDICIONES
ekaré

Edición a cargo de María Cecilia Silva-Díaz
Dirección de arte: Irene Savino
Traducción al latín de los versos del manzano: Gloria Torres Asensio

Tercera edición, 2012

© 2003 Javier Sáez Castán, texto e ilustraciones
© 2003 Ediciones Ekaré

Av. Luis Roche, Edif. Banco del Libro, Altamira Sur. Caracas 1060, Venezuela

C/ Sant Agustí 6, bajos. 08012 Barcelona, España

www.ekare.com

ISBN 978-84-933060-0-7

Impreso en China por South China Printing Co. Ltd.

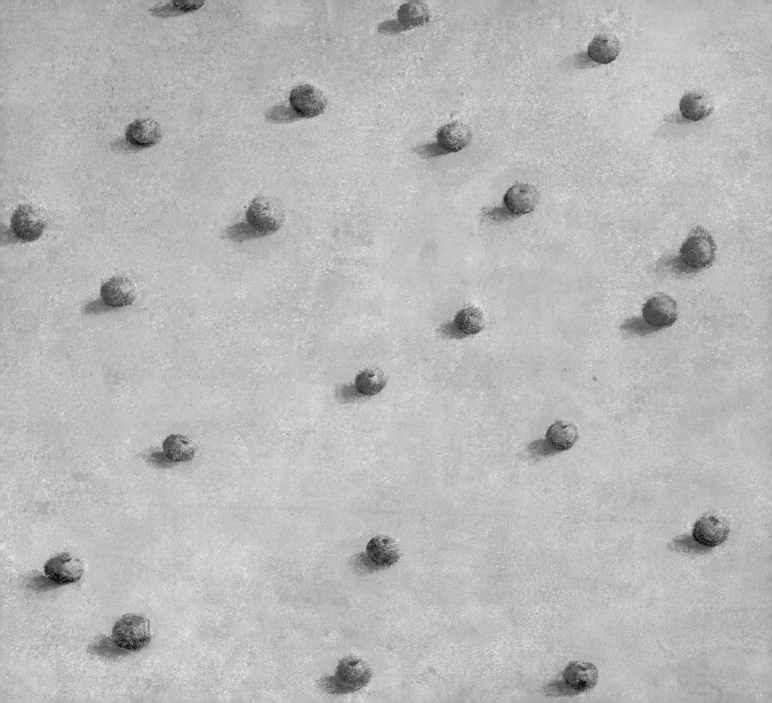

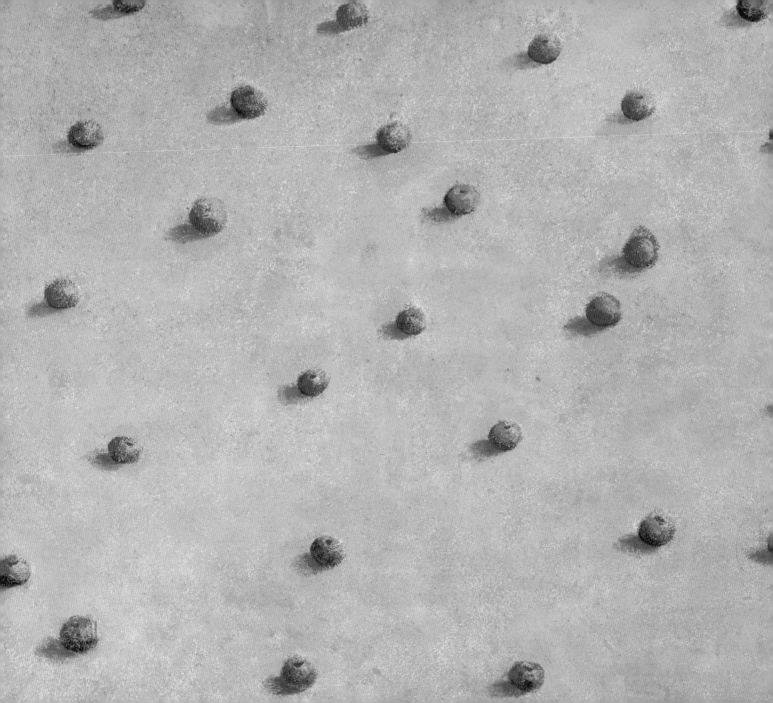